百年新诗百部典藏／马启代 主编

冯至诗选

冯 至 著

马启代 马晓康 编

江苏凤凰美术出版社

全国百佳图书出版单位

图书在版编目（CIP）数据

冯至诗选 / 冯至著；马启代，马晓康编. -- 南京
江苏凤凰美术出版社，2018.10
（百年新诗百部典藏 / 马启代主编）
ISBN 978-7-5580-5128-9

Ⅰ. ①冯… Ⅱ. ①冯… ②马… ③马… Ⅲ. ①诗集－
中国－当代 Ⅳ. ① I227

中国版本图书馆 CIP 数据核字（2018）第 198335 号

责任编辑　曹昌虹
装帧设计　小马工作室
责任监印　唐　虎

书　　名　冯至诗选
著　　者　冯　至
编　　者　马启代　马晓康
出版发行　江苏凤凰美术出版社（南京市中央路 165 号 邮编：210009
　　　　　北京凤凰千高原文化传播有限公司
出版社网址　http://www.jsmscbs.com.cn
印　　刷　河北飞鸿印刷有限责任公司
开　　本　710mm×1000mm　1/16
印　　张　10
版　　次　2020 年 4 月第 1 版　2020 年 4 月第 1 次印刷
标准书号　ISBN 978-7-5580-5128-9
定　　价　28.00 元

营销部电话　010-64215835-801
江苏凤凰美术出版社图书凡印装错误可向承印厂调换　电话：010-64215835-801

总序

转眼新诗已百年

马启代

　　早在 20 世纪的最后几年，大家已在议论新诗百年的事情，近年来，"新诗百年"的话题和各类活动甚至与社会商业活动携手并肩、大有超越诗歌本身的勃兴之势。事实上，看似在热闹中诞生的新诗，其本性与喧嚣并无基因上的联系。艺术与人类历史一样，有着表面风风火火的一面，也有着沉潜低回的另一条趋线。作为伴随新文学诞生的一个新兴文体，它呱呱坠地的时代的确可以用狂飙突进来标示，故我虽一向把社会"思潮"与"诗潮"的相伴相随作为认识百年新诗的一个重要视角，但我并不认同仅仅把波涛浪峰上的那些弄潮者看作新诗百年的代表，也就是说那些以潮流和流派及其风云人物为特征的历史叙事所构成的只是一个粗线条的描述，正是"思潮"与"诗潮"的历史共振，加上民族危难和社会动荡所造成的探索中断和精神异化，新诗所欠下的旧账一再被后来者忽略或轻视，仿佛一个亢奋的战士，冲锋中丢弃了装备，几番沉浮，在这个百年的节点，正是反思得失、检视成败的契机。当然，作为在争论甚至反对声中活得多数时候都青春四射的新诗，对质疑和批评的回应与对自身缺憾和弊端的正视从来都是一体两面需要痛加剖析、修正的问题。

　　我想略通"近代史"的人都会理解，产生于春秋战国以来极少出现的思想自由争鸣时期的新文学，结出新诗这个果实，既是必然，也显得匆忙。我们至今对它的称谓还有争议，如白话诗、自由诗、新诗、朦胧诗、现代诗、汉语新诗、新汉诗等，各有历史定位和美学指向，但莫衷一是，互不认同。此外，关于新诗诞生的历史成因、艺术脉络也各执一词，互有个见。我曾在《新汉诗十三题》中说过，它的源头不是旧诗，它与古诗、律诗、词、曲的代终体换不同，新诗直接来源于外国诗，不是一般的启示与借用，但新诗最终应是民族文化求新求变的产物皆赖于外来文化的刺激复活以及几代学人承前启后的不懈挽救。借此界定新诗的生日——假如非要有一个最大认同公约数的时间，我想，既不是胡适在《尝试集》中几首诗后面标注的1916年，也不是《新青年》2卷6号刊发胡适《白话诗八首》的1917年，而应是《新青年》4卷1号刊登胡适、沈尹默、刘半农九首诗的1918年1月。显然，作为《白话文学史》作者的胡适，深知"白话诗"与"新诗"在观念、精神和美学追求上的不同。他在1917年1月发表在《新青年》上的《文学改良刍议》被认为脱胎于美国女诗人洛威尔的《意象派宣言》，而意象派运动其主要旨趣在于解放英语诗歌的形式和语言，尽管他的代表人物庞德据说受益于中国古典诗歌的翻译。

　　但毋庸置疑的是，新诗承续了发端于18世纪以来世界范围内的诗歌自由化趋向，其背后蕴藏的历史人文内涵和深刻的人类精神走向乃潮流和大势。百年来，世界和中国都发生了许多亘古未有的大变化，人类在苦难和荣光中创造的无数诗篇，成为记录人类心灵和精神变化的珍品。尽管至今尚有人对新诗做出实验失败的定论，近年旧体诗创作日隆，也大有复兴的气象，但无须争辩的事实是：首先，新诗是个伟大而粗糙的发明（沈奇语），它无愧于百年风雨沧桑的砥砺磨洗（张清华语），你即便说它不成功，但也不能无视它有成就（桑恒昌语），穿越百年的时光隧道，战争、天灾、人祸以及正常或不正常的生存考验，新诗已经成为现代人重要的灵魂洗礼和精神救赎的载体。熊辉教授在《纪念新诗百年》中认为百年新诗的发展，最大的成功是确立了自身的文体优势。分行排列的自由书写成为承载现代人情感和思想的有效形式，而吕进教授把新诗看作"内视点"文学的主张，为现代新诗内在形式的确立提供了理论依据。其次，新诗采用大量口语和白话进行书面转化，使古老的汉语焕发出新的生机，重新把优雅与深邃找回，其在唤醒和复活民族灵性上体现出无可替代的前景。最后，我认为新诗与社会思潮与生俱来的根性联系，使其始终勃发着一颗求新求变的魂魄，百年来，它对于中国人精神的塑造居功至伟。

当然，一个百年的文体也许还处于未完成时，尽管许多文学史、诗歌史已翻来覆去根据不同时期的政治需要和个人诉求做过这样那样的修订甚至重写，事实上，所谓百年我们也不妨做模糊的理解，百年新诗也许尚未走出自己的青春期，业已形成的传统还显单薄，无论是文本本身还是理论批评范畴都面临着很多需要解决的问题。新诗不是"作诗如作文，作诗如说话"（胡适语）那样简单，断然不能把一种精神倡导理解为实践指南，正如不能把"下半身写作"理解为"写下半身"，把"口语写作"理解为"口水写作"。尽管民歌民谣给了自由化写作最初的滋养和激发，成就了彭斯和华兹华斯等不朽的歌唱，但新诗随着现代思想的传播，不适合进化论的艺术需要坚守和弘扬的恰恰是最初的和最原始的人的精神和梦想，最本真、最本质的感动。新诗突破了古典诗歌"触景生情"和"睹物思人"的套路，注入了"以思触诗、以诗触思"的感悟和体验，形成了"缘情言志寓思"的现代模式，这些皆赖于中西文化交汇中英美的浪漫主义和法德的现代主义诸流派的深度浸润。但一个文体既有它自我革新和不断蜕变的免疫能力，也有自我阉割的自杀倾向。如今，经历多层磨砺和戕害的新诗呈现出精神伦理和艺术审美上的诸多问题，"生底颤动，灵底喊叫"（郭沫若语）极有被废话、脏话淹没的危险。我在《百年新诗的"三度"迷失》和《当下诗歌创作的"三化"警示》两文中做了解析和指认。据此而论，吕进教授提出新诗的"三个重建"和"二次革命"多年，在展望未来时的确应引起我们的深思。

时光如白驹过隙，对于天地历史而言，百年不过弹指间的一个刹那，但于人于事，一个世纪毕竟暗藏着天翻地覆。适逢新诗百岁，借此数语，聊寄祝福！

目 录

绿衣人

一个绿衣邮夫，
低着头儿走路，
也有时看看路旁。
他的面貌很平常，
大半安于他的生活，
不带着一点悲伤。
谁也不注意他
日日的来来往往。
但是这疮痍满目的时代，
他手里拿着多少不幸的消息？
当他正在敲人家的门时，
谁又留神或想，
"这家人可怕的时候到了！"

夜深了

夜深了，神啊——
引我到那个地方去吧！
那里无人来往，
只有一朵花儿哭泣。

夜深了，神啊——
引我到那个地方去吧！
更苍白的月光，
照着花儿孤寂。

夜深了，神啊——
引我到那个地方去吧！
那里是怎样的凄凉，
但花瓣儿有些温暖的呼吸。

夜深了，神啊——
引我到那个地方去吧！
我要狂吻那柔弱的花瓣，
在花儿身边长息。

原载 1923 年 5 月《创造》季刊第 2 卷第 1 号。

一颗明珠

我有一颗明珠，
深深藏在怀里；
恐怕它光芒太露，
用重重泪膜蒙起。

我这颗明珠，
是人们掠夺之余；
它的青色光焰，
只照我心里酸凄！

原载 1923 年 5 月《创造》季刊第 2 卷第 1 号。

满天星光

我把这满天的星光，
聚拢在我的怀里，
把它们当做颗颗的泪珠，
用情丝细细地穿起——
穿成了一件外氅
披在爱人的身上！
还有那西边的
弯弯的月儿，
也慢慢取了下来，
去梳她那温柔的头发。

我们赞叹着古代的仙人，
我们吹着萧，
我们吹着笙，
我们的音调蜜吻，
我们御风而行，
我们到了天空，
天的最上层——
将外氅打开，
另把这满天的星斗安排！
重把笙箫合奏，
超脱了世上的荣华，

同那些肤浅的悲哀!

原载1923年5月《创造》季刊第2卷第1号,题为《满天星辰》。

问

他问他的至爱人，"你爱我吗？"
她说，"我是爱你的。"
他们身旁的玫瑰盛开，他便摘下一朵，挂在她的胸前了。

第二天他又问他的至爱人，"你为什么爱我？"
她说，"我为爱你而爱你，人间只有你是我所爱的。"
他们身旁的玫瑰尚未凋谢，他又摘下一朵，挂在她的胸前了。

第三天他问他的至爱人，"你怎样的爱我？"
她说，"我是爱你的，无条件地爱你——与爱我的生命一样。"
他们身旁的玫瑰只剩下几朵了，他还摘下一朵，挂在她的胸前。

最后他问她的至爱人，"你爱我，要怎样？"
她不能回答——被快乐隐去的泪，一起流出来了！
他们身旁的玫瑰，一朵也没有了。

原载 1923 年 5 月《创造》季刊第 2 卷第 1 号。

不能容忍了

我不能容忍了，
我把我的胸怀剖开，
取出血红的心儿，
捧着它到了人丛处。

有的含着讥诮走远了，
有的含着畏惧走远了；
只剩下我一个人，
我只得也缓缓地走去。

到了十几处，
十几处都是如此。
抱着心儿暂时休息着，
人们又在那边聚集着。

原载 1923 年 5 月《创造》季刊第 2 卷第 1 号。

楼　上

——天上啊，人间！
我望遍
东西南北，
这般无意绪——
下去吧，
我又如何下去？

天上沉寂，
人间纷纭——
这里又怎能供我
长久徘徊！
怅惘，孤独，
终于归向何处？

云含愁，
水轻皱——
我若知它们的深意，
就该投入水里，
或跑到西山，
入了云深处！

身寒，心战！

风，吹我如何下去？
展开书，
书里夹着黄花——
我为了我的命运吻它，
我为了她的命运哭泣。

原载 1923 年 5 月《创造》季刊第 2 卷第 1 号。

追　忆

日光满窗了！
你还微闭着眼，
躺在床上，
作什么追忆？

"啊，我昨夜所想的，
那甜美的境地——
在最甜美的时候，
我昏昏睡去了！"

原载 1923 年 12 月《浅草》季刊第 1 卷第 3 期。

怀——

若是我，眼皮微微合上，
啊！你这蓝帽的女郎——

你既穿着灰色衣裙，
为何又戴着那蓝色的草帽？
惹得我的梦魂儿，
尽在你的身边缠绕！

风声中的雨声，
这般断断续续——
纷纷乱乱的人间，
你今宵睡在何处？

啊，在少女幽静甜美的睡中，
可能有路上不相识的青年入梦！

原载 1923 年 12 月《浅草》季刊第 1 卷第 3 期。

狂风中

无边的星海，
更像狂风一般激荡！
几万万颗星球，
一齐地沉沦到底！

剩下了牛女二星，
在泪水积成的天河，
划起清妙的小艇，
唱着哀婉的情歌。

愿有一位女神，
把快要毁灭的星球，
一瓢瓢，用天河的水，
另洗出一种光明！

原载 1923 年 12 月《浅草》季刊第 1 卷第 3 期。

窗 外

老槐的
英雄姿态！
金绿的叶儿，
随着微风摇摆，

无数黑衣的
燕子飞翔——
似谁家吹玉笛，
吹得声音嘹亮！

青天只有白云，
白云沉思无语，
雀鸟儿不住地
在何处唧唧？

灰色屋顶，
也披满夕阳，
瓦楞上渍着的石灰，
正如耶稣的白衣跪像！

原载 1923 年 12 月《浅草》季刊第 1 卷第 3 期。

别 友

一

好一个悲壮的
悲壮的别离呀。
满城的急风骤雨，
都聚在车站
车站的送别人
送别人的心头了。

雄浑的风雨声中，
哪容人轻轻地
说些委婉的别语？
朋友，你自望东，
我自望西，
莫回顾，从此小别了。

二

赞颂狂风暴雨，
因为狂风暴雨后，
才有这般清凉的世界。
我失掉了什么？

啊，车轮轧轧的声音
重唤起我缠绵的情绪。

梦一般寂静地过去了，
心里没有悲伤，
眼中没有清泪；
朋友，你仔细地餐
餐这比什么都甜
比一切都苦的美味吧！

原载1923年12月《浅草》季刊第1卷第3期。

初夏杂句

一

"红的，红的，红樱桃，"
"青的，青的，青杏子，"——
于今都哪里去了
那半月前的飞絮？

二

最怕听，苍蝇同蜜蜂，
在日光中的歌调，
最怕听的是，万籁声中
隐约约，夏天到了！

三

恹恹地又度了一春，
春已尽，自家还不知觉。
夜雨潇潇，
唱着"所罗门"的牧歌；
——可怜的牧童啊，就是羊儿
都寻，寻也寻不着了！

四

那晚的一钩新月，
一直的被我望入
西北的浓云中——
等了不知多少时，
它却终于出不来，云幕的重重！

五

并不曾那样像去年，
听取燕子的呢呢，
戴胜鸟的啼声，
也不知尽向何处去？

六

偶然隔着楼窗，
望那夕阳染遍的杨柳——
唱多少遍古代的诗词，
无奈柳阴下没有河流，
泛不来采莲的小舟！

原载 1923 年 12 月《浅草》季刊第 1 卷第 3 期。

残余的酒

"上帝给我们，
只这一杯酒啊！"
这么一杯酒，
我又不知爱惜——
走过一个姑娘，
我就捧着给她喝；
她还不曾看见，
酒却洒了许多！
我只好加水吧，
不知加了多少次了！

可怜我这一杯酒啊！
一杯酒的残余呀！
那些处女的眉头，
是怎样一杯浓酒的充溢！
我实在有些害羞了，
我明知我的酒没有一些酒力了，
——我还是不能不
把这杯淡淡的水酒，
送到她们绛红的唇边
请她们尝一尝啊！

原载 1923 年 12 月《浅草》季刊第 1 卷第 3 期。

小　船

心湖的
芦苇深处，
一个采菱的
小船停泊；

它的主人
一去无音信，
风风雨雨，
小小的船篷将折。

原载 1923 年 12 月《浅草》季刊第 1 卷第 3 期，题为《小艇》。

歌 女

梦见一个歌女，
抱着琵琶歌唱；
她的哀怨之音，
睡眠在四条弦上。

乌黑的头发
烘托出忧郁的面貌，
身着雪白衣裳，
双颊微微若笑。

尽是些浪漫的歌词，
她的歌声靡靡——
"窗外雨正凄凄，
儿女对灯啼泣！"

最后我忍不住了，
倒在她的怀里，
握住她的手儿，
她再也唱不下去。

她滴下一颗泪珠，
滴在我的口内，

我郑重地把她咽了，
说不出的辛酸滋味！

原载 1923 年 12 月《浅草》季刊第 1 卷第 3 期。

新的故乡

灿烂的银花
在晴朗的天空飘散；
金黄的阳光
把屋顶树枝染遍。

驯美的白鸽儿
来自什么地方？
它们引我翘望着
一个新的故乡：

汪洋的大海，
浓绿的森林，
故乡的朋友，
都在那里歌吟。

这里一切安眠
在春暖的被里，
我但愿向着
新的故乡飞去！

原载 1923 年 12 月《浅草》季刊第 1 卷第 3 期。

雨　夜

树林里聚集着
无数的幽灵，
它们又歌又舞，
踏着风声雨声。

蟋蟀在草里鸣叫，
它们永不停息；
可有个行路的人
在林里迷失？

闪电闪在林里，
照给他一条小道——
蝉在树上骤然鸣，
鸟在谷中应声叫。

雷声击在林里，
幽灵们四方散去，
散到隐秘的地方，
唱着凄凉的歌曲：

"憔悴的马樱花须，
愁遍山崖的薜荔，

随着冷雨凄风

吹入人间的美梦里。"

瞽者的暗示

黄昏以后了，
我在这深深的
深深的巷子里，
寻找我的遗失。

来了一个瞽者，
弹着哀怨的三弦，
向没有尽头的
暗森森的巷中走去。

蚕 马

一

溪旁开遍了红花，
天边染上了春霞，
我的心里燃起火焰，
我悄悄地走到她的窗前。
我说，姑娘啊，蚕儿正在初眠，
你的情怀可曾觉得疲倦？
只要你听着我的歌声落了泪，
就不必打开窗门问我，"你是谁？"

在那时，年代真荒远，
路上少行车，水上不见船，
在那荒远的岁月里，
有多少苍凉的情感。
是一个可怜的少女，
没有母亲，父亲又远离，
临行的时候嘱咐她，
"好好耕种着这几亩田地！"

旁边一匹白色的骏马，
父亲眼望着女儿，手指着它，

"它会驯良地帮助你犁地，
它是你忠实的伴侣。"
女儿不懂得什么是别离，
不知父亲往天涯，还是海际。
依旧是风风雨雨，
可是田园呀，一天比一天荒寂。

"父亲呀，你几时才能够回来？
别离真像是汪洋的大海；
马，你可能渡我到海的那边，
去寻找父亲的笑脸？"
她望着眼前的衰花枯叶，轻抚着骏马的鬣毛，
"如果有一个亲爱的青年，
他必定肯为我到处去寻找！"
她的心里这样想，
天边浮着将落的太阳，
好像有一个含笑的青年，
在她的面前荡漾。
忽然一声响亮的嘶鸣，
把她的痴梦惊醒；
骏马已经投入远远的平芜，
同时也消逝了她面前的幻影。

二

温暖的柳絮成团，
彩色的蝴蝶翩翩，
我心里正燃烧着火焰，
我悄悄地走到她的窗前。

我说，姑娘啊，蚕儿正在三眠，
你的情怀可曾觉得疲倦？
只要你听着我的歌声落了泪，
就不必打开窗门问我，"你是谁？"

荆棘生遍了她的田园，
烦闷占据了她的日夜，
在她那寂静的窗前，
只叫着喳喳的麻雀。
一天又靠着窗儿发呆，
路上远远地起了尘埃；
（她早已不做这个梦了，
这个梦早已在她的梦外。）

现在啊，远远地起了尘埃，
骏马找到了父亲归来；
父亲骑在骏马的背上，
马的嘶鸣变成和谐的歌唱。
父亲吻着女儿的鬓边，
女儿拂着父亲的征尘；
马却跪在她的身边，
止不住全身的汗水淋淋。

父亲像宁静的大海，
她正如晶莹的皎月，
月投入海的深怀，
净化了这烦闷的世界。
只是马跪在她的床边，
整夜地涕泗涟涟，

目光好像明灯两盏，
"姑娘啊，我为你走遍了天边！"

她拍着马头向它说，
"快快地到田里犁地！
你不要这样癫痴，
提防着父亲要杀掉了你。"
它一些儿鲜草也不咽，
半瓢儿清水也不饮，
不是向着她的面庞长叹，
就是昏昏地在她的身边睡寝。

三

黄色的蘼芜已经凋残，
到处飞翔黑衣的海燕，
我的心里还燃着余焰，
我悄悄地走到她的窗前。
我说，姑娘啊，蚕儿正在织茧，
你的情怀可曾觉得疲倦？
只要你听到我的歌声落了泪，
就不必打开窗门问我，"你是谁？"

空空旷旷的黑夜里，
窗外是狂风暴雨；
壁上悬挂着一张马皮，
这是她惟一的伴侣。
"亲爱的父亲，你今夜
又流浪在哪里？

你把这匹骏马杀掉了，
我又是凄凉，又是恐惧！

"亲爱的父亲，电光闪，雷声响，
你丢下了你的女儿，
又是恐惧，又是凄凉。"
"亲爱的姑娘，
你不要凄凉，也不要恐惧！
我愿生生世世保护你，
保护你的身体！"

马皮里发出沉重的语声，
她的心儿怦怦，发儿悚悚；
电光射透了她的全身，
马皮又随着雷声闪动。
随着风声哀诉，
伴着雨滴悲啼，
"我生生世世地保护你，
只要你好好地睡去！"

一瞬间是个青年的幻影，
一瞬间是那骏马的狂奔；
在大地将要崩溃的一瞬，
马皮紧紧裹住了她的全身！
姑娘啊，我的歌儿还没有唱完，
可是我的琴弦已断；
我惴惴地坐在你的窗前，
要唱完最后的一段：
一霎时风雨都停住，

皓月收束了雷和电；
马皮裹住了她的身体，
月光中变成了雪白的蚕茧。

孤 云

我对望亭亭的孤云，
凄惶欲泣。

它来自北方的
那座灰色的城里。

在那座城里
事事都成陈迹。

我怎能把它
也撕成千丝万缕？

墓　旁

我乘着斜风细雨，
来到了一家坟墓；
墓旁一棵木槿花，
便惹得风狂雨妒。

一座女孩的雕像
头儿轻轻地低着——
风在她的睫上边
吹上了一颗雨珠。

我摘下一朵花儿，
悄悄放在衣袋里；
同时那颗雨珠儿
也随着落了下去！

海　滨

风吹着发，又长了一分，
苦闷也增了一寸；
雄浑无边的大海，
它怎管人的困顿！

那边是悲切的军笳，
树林里蝉声像火焰；
波浪把一座太阳
闪化作星光万点。

远远的归帆
告我新闻一件：
"有只船儿葬在海心，
在一个凄清的夜半！"

沙 中

在这松散的沙中，
却于一团温馨凝聚；
唇儿吻在沙里边，
深吻着脂汗的香气。

我的双臂懒懒地
向暖暖的空中前伸，
依然触着了（那昨天的）
柔腻的玉体横陈——

怎能从这海浪里，
涌出来魔术的少女——
倩她攫去了我的灵魂，
只剩下唇在沙中狂吻！

春的歌

丁香花，你是什么时候开放的？
莫非是我前日为了她
为她哭泣的时候？

海棠的花蕾，你是什么时候生长的？
莫非是我为了她的憧影，
敛去了愁容的时候？

燕子，你是什么时候来到的？
莫非是我昨夜的相思，
相思正浓的时候？

丁香、海棠、燕子，我还是想啊，
想为她唱些"春的歌"，
无奈已是暮春的时候。

琴 声

绿树外，小窗内，
是谁家肯把
这样轻婉的幽思
缕缕地写在静夜里？

夜色随着琴声颤动，
颤动得山上山下的树
都开遍了花，
微风吹着花儿细雨。

最后那弹琴人
情愿把沉逸的哀音
变为响亮，
好惹得远远近近
都泪琅琅
滴满了襟裳！

你——

一天我委委屈屈地
向着你的明眸泣告——
人间是怎样的无情，
我感受的尽是苦恼。

你殷殷勤勤地劝我，
忧思，能够令人衰老；
你更问我能不能
向着你的明眸微笑！

你的话是雨后的南风，
将我的愁云尽都吹散；
但我仔细看你的眼眶里，
也是汪汪地泪珠含满。

残　年

朋友啊，
酒冷，茶残！
我们默默，
噤若寒蝉。

无可诅咒，
无可赞美：
百般的花朵，
一样的枯萎！

我们默默，
噤若寒蝉——
朋友啊，
酒冷，茶残！

原载 1924 年 1 月 18 日《文艺旬刊》第 19 期，题为《赠 C. S. 君》，为组诗《残年》第一首。

秋千架上

我躺在嫩绿的浅草上，
望着你荡起秋千；
春愁随着你荡来荡去，
尽化作淡淡的青烟。

我的姑娘，你看那落日，
它又在暮霭里消沉——
只剩下红云几抹，
冷清清，四顾无人！

原载 1924 年 4 月 15 日《文艺周刊》第 29 期。

在海水浴场

浪来了，你跳入海中，
浪平了，又从海中跳起，
跳在平板的船儿上，
唱着你故乡的歌曲。

浴衣衬着你的肌肤，
金发披在你的双肩，
岩石为着你含了愁容，
潮水为着你充满疯癫。

我可是在什么地方
好像是见过你的情郎？
他夜间在阴森的林里
望着树疏处的星星叹息！

原载 1924 年 7 月 29 日《文艺周刊》第 44 期，题为《海滨》，原诗只前一节。

吹箫人的故事

我唱这段故事，请大家不要悲伤，因为这里只唱到一个团圆的收场。

一

在古代西方的高山，有一座洞宇森森；一个健壮的青年　在洞中居隐。

不知是何年何月他独自登上山腰；身穿着一件布衣，还带着一枝洞箫。

他望那深深的山谷，也不知望了多少天，更辨不清春夏秋冬，四季的果子常新鲜。

四周好像在睡眠，他忘却山外的人间。有时也登上最高峰，只望见云幕重重。

三十天才有一次，若是那新月弯弯；若是那松间翕翠，把芬芳的冷调轻弹；

若是那夜深静悄，小溪的细语低低；若是那树枝风寂，鸟儿的梦境迷离；

他的心境平和，他的情怀恬淡，他吹他的洞箫，不带一些哀怨。

一夜他已有几分睡意，浓云将洞口封闭，他心中忐忑不安，这境界他不曾经验。

如水的月光，尽被浓云遮住，他辗转枕席，总是不能入睡。

他顺手拿起洞箫，无心地慢慢吹起，为什么今夜的调儿，含着另样的情绪？

一样的小溪细语，一样的松间翕萃，为什么他的眼中，渐渐含满了清泪？

谁把他的心扉轻叩，可有人与他合奏？箫声异乎平素，不像平素的那样质朴。

二

第二天的早晨，他好像着了疯癫，他吹着箫，披着布衫，奔向喧杂的人间。

箫离不开他的唇边，眼前飘荡着昨夜的幻像，银灰的云里烘托着一个吹箫的女郎。

乌发与云层深处，不能仔细区分；浅色的衣裙，又仿佛微薄的浮云。

她好像是云中的仙女，却含有人间的情绪；他紧握着他的洞箫，他要到人间将她寻找！

眼看着过了一年，可是在他的箫声里，渐渐失去山里的清幽和松间的风趣。

他走过无数的市廛，他走过无数的村镇，看见不少的吹箫少女，却都不是他要寻找的人。

在古庙里的松树下，有一座印月的池塘，他暂时忘去他的寻求，又感到一年前的清爽。

心境恢复平淡，箫声也随着和缓，可是楼上谁家女，正在蒙眬欲睡？

在这里停留了三天，该计算明日何处去；啊，烟气氤氲中，一缕缕是什么声息？

楼上窗内的影儿，是一个窈窕的少女，她对谁抒发幽思，诉说她的衷曲？

他仿佛又看到一年前云中的幻像，他哪能自主，洞箫不往唇边轻放?

月光把他俩的箫声溶在无边的夜色之中;深闺与深山的情意 乱
纷纷织在一起。

三

流浪无归的青年,哪能娶豪门的娇女?任凭妈妈怎样慈爱,严
厉的爹爹也难允许。

他俩日夜焦思,为他俩的愿望努力,夜夜吹箫的时节,魂灵儿
早合在一起。

今夜为何听不见楼上的箫声?他望那座楼窗,也不见孤悄的人
影。

父母才有些活意,无奈她又病不能起;药饵俱都无效,更没有
气力吹箫。

梦里洞箫向他说,"我能医治人间的重病;因为在我的腔子里,
蕴藏着你的精灵。"

他醒来没有迟疑,把洞箫劈作两半,煮成一碗药汤,送到那病
人的床畔。

父母感谢他的厚意,允许了他们的愿望。明月依旧团圆,照着
并肩的人儿一双。

啊,月下的人儿一双,箫已有一枝消亡。人虽是正在欣欢,她
的洞箫却不胜孤单。

他吹她的洞箫,总是不能如意;他思念起他自己的,感到难言
的悲戚。

"假如我的洞箫还在,天堂的门一定大开,无数仙女为我们 掷
花舞蹈齐来。"

他深切的悲伤,怎能够向她说明;后来终于积成了难于医治的
重病。

她最后把她的萧,也当作惟一的灵药——完成了她的爱情,拯

救了他的生命。

尾　声

我不能继续歌唱，他们的生活后来怎样。但愿他们得到一对新萧，
把萧声吹得更为嘹亮。

原载 1925 年 2 月 25 日《浅草》季刊第 1 卷第 4 期。

"晚报"
——赠卖报童子

夜半在北京的长街，
狂风伴着你尽力的呼叫：
"晚报！晚报！晚报！"
但是没有一家把门开——
同时我的心里也叫出来，
"爱！爱！爱！"

我们是同样地悲哀，
我们在同样荒凉的轨道。
"晚报！晚报！晚报！"
但是没有一家把门开——
人影儿闪闪地落在尘埃，
"爱！爱！爱！"

一卷卷地在你的怀，
风越冷，越要紧紧地抱。
"晚报！晚报！晚报！"
但是没有一家把门开——
一团团地在我的怀，
"爱！爱！爱！"

原载 1925 年 10 月 10 日《沉钟》半周刊第 5 期，署名琲琲。

遥 遥

你那儿的芦花也白了，
我这儿的芦花也白了。
我凝神将芦花细数，
像是一里一程地走近了你；
我数尽了无数棵，
却终于是怅怅地——
千里外，真是遥遥啊！

你那儿的夕阳也要落了，
我这儿的夕阳也要落了。
金黄色的在云里，
恰似我那昨宵的梦；
一带模糊的青山，
轻轻描上了我的心头——
千里外真是遥遥啊！

你那儿的果子也熟了，
我这儿的果子也熟了。
绿色的失去了希望，
红色的尽都凋落了：
相思到了这般境地，
也只有听那流水的殷殷——

千里外真是遥遥啊!

原载 1925 年 10 月 31 日《沉钟》周刊第 4 期。

在郊原

续了又断的
是我的琴弦，
我放下又拾起
是你的眉盼。
我一人游荡在郊原，
把恋情比作了夕阳奄奄。

它是那红色的夕阳，
运命啊淡似青山，
青山被夕阳烘化了
在茫茫的暮色里边。

我愿彷徨在空虚内，
化作了风丝和雨丝：
雨丝缀在花之间，
风丝挂在树之巅，
你应该是个采撷人，
花叶都编成你的花篮。

花篮里装载着
风雨的深情——
更丝丝缕缕的

是可怜的生命。

我一人游荡在郊原，
把运命比作了青山淡淡。
续了又断的
是我的琴弦，
我放下又拾起
是你的眉盼。

原载 1925 年 12 月 12 日《沉钟》周刊第 9 期。

怀友人 Y.H.

一

当燕子归来的黄昏，
我一人静静悄悄
在你旧居的窗前，
梦游一般地走到。

寂寂静静，
我轻轻地叫着你的名儿，
窗内仿佛有人答应。

我傍着窗儿痴等，
但是窗儿呀总是不开，
一直等到了冷月凄清，
朋友啊，你那时在哪里徘徊？

二

那夜风雨后，
正像是我们去年的一天，
满院嗅着柳芽香，
满地踏着残花瓣。

寂寂静静，
我轻轻地叫着你的名儿，
云内仿佛有人答应。

我靠着树干痴等，
但是阴云呀总不散开，
一直等到了夜阑更深，
朋友啊，你那时在哪里徘徊？

三

我像是古代的牧童，
失掉了他的绵羊；
我像是中古的诗人，
失掉了他的幻想。

寂寂静静，
我轻轻地叫着你的名儿，
远方总仿佛有人答应。

我望着凄艳的夕阳，
我望着幽沉的星海，
望得我心滞神伤，
朋友啊，你那时在哪里徘徊？

如果你……

——三春将尽，K^①从海滨寄赠樱花残片，作此答之

如果你在黄昏的深巷
看见了一个人儿如影，
当他走入暮色时，
请你多多地把些花儿
向他抛去！

"他"是我旧日的梦痕，
又是我灯下的深愁浅闷：
当你把花儿向他抛散时，
便代替了我日夜乞求的
泪落如雨——

注：① K，即顾随。

夜　步

一支烛光苍苍地
在那寂寞的窗内——
既不照盛筵绮席，
更不照恋人幽会。

几粒星光茫茫地
映在这死静的河内——
既无人当做珍珠串起，
更无人当做滴滴清泪。

烛光啊，你永久苍苍，
星光啊，你永久茫茫；
我永久从这夜色中
拾来些空虚的惆怅！

我是一条小河

我是一条小河
我无心从你身边流过，
你无心把你彩霞般的影儿
投入了河水的柔波。

我流过一座森林，
柔波便荡荡地
把那些碧绿的叶影儿
裁剪成你的衣裳。

我流过一片花丛，
柔波便粼粼地
把那些彩色的花影儿
编织成你的花冠。

最后我终于
流入无情的大海，
海上的风又厉，浪又狂，
吹折了花冠，击碎了衣裳！

我也随着海潮漂漾，
漂漾到无边的地方；

你那彩霞般的影儿
也和幻散了的彩霞一样！

"最后之歌"

记起母亲临终的祷告，
是一曲最后的"生命之歌"，
那正是暮春的一晚，
另样的光辉漾着她的病脸；
蜡烛在台上花花地爆，
仿佛是宇宙啊，没有明朝——
她把那时的情调深深地交给我，
还有我衣上的她的手泽！

箱子里贮藏着儿时的衣裳，
心内隐埋着她最后的面庞；
偶然把灰尘里的箱子打开，
那当时的情味也涌上心来。
蜡烛在台上花花地爆，
仿佛是宇宙啊，没有明朝——
可是中间又度了许多的年月，
此刻啊，一个清新的秋夜！

这时我充满了"最后"的情怀，
秋天的雨冷，冬夜的风悲！
镜中的我的面庞，
却没有另样的光辉；

蜡烛在台上花花地爆，
仿佛是宇宙啊，没有明朝——
这时我像是上帝的罪人
临刑时也听不见圣灵的呼叫！

记起母亲临终的祷告，
是一曲最后的"生命之歌"。
我却凄凄地无依无靠，
只瞥见天边的一缕"柔波"——
母亲把她的歌声，
真切地留在儿子的心中；
柔波却是空幻地，荡漾地，
"来也无影，去也无踪！"

许多的现象不可捉摸，
却引起许多的灵魂追逐！
沙漠的幻影累死了骆驼，
些微的火焰烧死了灯蛾：
神呀，我可曾向你真挚，
像母亲一般地信仰你？
神呀，我今宵向你祷告，
只请你给我一些，一些面上的光耀！

静默中神也没有答语，
我怔怔地是一人踽踽；
母亲望着她的幼儿，
我望着那柔波一缕。
蜡烛在台上花花地爆，
仿佛是宇宙啊，没有明朝——

我把那无可奈何的希望，
尽放在那缕柔波上！

它却像林中的鹿麋，
水底的游鱼，
霎时间奔入苍茫的云海，
像一颗流星的永劫！
蜡烛在台上花花地爆，
仿佛是宇宙啊，没有明朝——
阴暗渲染了我的面貌，
望着永逝的柔波向神祷告！

在母亲祈祷的床边，
牧师曾朗诵着古哲的诗篇。
他说母亲是一朵洁白的
洁白的花朵，开在上帝的花园。
在我寂寞的桌旁，
现出来一个聪慧的姑娘——
"起来吧！骑着骆驼，赶着灯蛾，
去追逐残余的那缕柔波！"

原载 1926 年 8 月 25 日《沉钟》半月刊第 2 期。

秋　战

都说我是还年青，还勇敢——
但是一个天大的疲倦呀，
凭空地落到我的身边；
兴奋地歌唱啊，
"为了死亡，为了秋天！"

我的眼是这样的昏迷，
我的心是这样的荒乱，
像是黄昏铺盖了家家的坟墓，
黑夜呀，来自风涛的彼岸！

沓沓地走过了秋的队伍，
那是风和雨，落叶与沙尘，
悲笳，马蹄，还有远远地
远远地战场上的哀音。

战场在我的心田上——
神啊，你可曾听见了这里的杀声？
疲倦长久地落在我的身边，
兴奋地歌唱啊，
"为了死亡，为了秋天！"

我又辛苦，又空虚，
仿佛一个沙漠的国王——
他只有头上的乌褐的云彩，
我呀，黑色的旗子在面前飘荡！

那是母亲遗留的赠品，
当她在战场上败退的一瞬，
她撕下一半永留在我的面前，
其余的，引导着她的灵魂长殒！

如今只有它在战场上耀耀飞扬，
不知是欣欢，还是凄惨？
疲倦长久地落在我的身边，
兴奋地歌唱啊，
"为了死亡，为了秋天！"

都说我是还年青，还勇敢——
哪里有力量啊，把这个队伍赶散？
春日的和平，是那样的辽远，
油油的绿草，尽被战马摧残！

风吹着旗子，旗子扫着风，
满地是战士的骸骨——
殷勤的圣者会给他们最后的慰安，
十字架竖在高高的坟墓！

神啊，我却永远望不见
望不见十字架上的光灿——
疲倦侵蚀了我的衷心，

兴奋地歌唱啊，
"为了死亡，为了秋天！"

蛇

我的寂寞是一条蛇，
静静地没有言语。
你万一梦到它时，
千万啊，不要悚惧！

它是我忠诚的侣伴，
心里害着热烈的乡思：
它想那茂密的草原——
你头上的、浓郁的乌丝。

它月影一般轻轻地
从你那儿轻轻走过；
它把你的梦境衔了来
像一只绯红的花朵。

我愿意听……

春夜呀，
拂着春风——
我愿意听，
你的唇边说，Oui！①

秋夜呀，
冷露零零——
我愿意听，
你的眼角说，Non！②

春夜从你的唇边
吻来的，
秋夜好从我的眼角
——流去！

注：① Oui，法语：是。
　　② Non，法语：不。

默

风也沉默，
水也沉默——
没有沉默的
是那万尺的晴丝，
同我们全身的脉络。

晴丝荡荡地沾惹着湖面，
脉络轻轻地叩我们心房——
在这万里无声的里边，
我悄悄地
叫你一声！

这时水也起了皱纹，
风在树间舞蹈——
我们晕晕地，曚曚地，
像一对河里的小鱼，
滚入了海水的浪涛。

原载 1926 年 9 月 25 日《沉钟》半月刊第 4 期。

你倚着楼窗……

你倚着楼窗向下望，
会望见长街弥漫的尘沙；
但是你望不见沙中埋没的
路上的我，路畔的槐花。

风会把花香吹扬给你，
我，我可像真珠永沉大海——
没有你得目光到我的身边，
我怎样才能有光彩！

同乞丐是一样的运命，
在神的那儿永无名姓：
一旦我踉跄地死在路旁，
将怎样的刻呀，我的墓铭？

永　久

我若是个印度人，
便迈入了浓密的森林；
我若是个俄国人，
便踏上了冰天雪地：
因为它们都是永久的，
在南天，在北极。

我呀，我生在温带的国里，
没有雪地没有森林——
我追寻我的永久的，
我的永久的可是你？
但是我怎样的走进呀，
永久里，永久里？

工 作

聪明的姑娘啊，告诉我说，
我是一个可怜的人，
我应该怎样的工作？
我的春夏是有限的几天，
我的严冬啊，却是，
却是那样的久远！

我是不是应当，
为了那后日的荒凉——
从你的面庞摘下来
那永不凋残的花朵，
在我的心中注满了
你漾漾地眼角的柔波？

我是不是应当，
为了那后日的荒凉——
先听你千声万声的呼唤，
在空中化作了旗幡一扇，
它引导着我，（万事苍苍，）
走入将来的人海茫茫！

在阴影中

我在阴影中摸索着死，
她在那边紧握着光明。
神呀，我愿一人走入地狱里，
森森地走入了最深层；
在地狱的中途尝遍了
冰雹同烈火，暴雨和狂风。

烈火与冰雹，
为了她同我的深情；
狂雨与暴风，
为了她同我的生命；
神呀，我今夜向你呼号，
是最后的三声两声！

从此我转头不顾，
莫尽在淡淡的影里求生！
我一人棱棱地昂首，
在那地狱的深层——
望着她将光明紧握，
永久地，永久地向上升腾！

原载 1926 年 10 月 25 日《沉钟》半月刊第 6 期。

迟 迟

落日再也没有片刻的淹留，
夜已经赶到了，在我们身后。
万事匆匆地，你能不能答我一句？
我问你——
你却总是迟迟地，不肯开口。

泪从我的眼内苦苦地流；
夜已经赶过了，赶过我的眉头。
它把我面前的一切都淹没了；
我问你——
你却总是迟迟地，不肯开口。

现在无论怎样快快地走，
也追不上了，方才的黄昏时候。
歧路上是分开呢，还是一同走去？
我问你——
你却总是迟迟地，不肯开口。

原载 1926 年 12 月 11 日《沉钟》半月刊第 9 期。

北　游

他逆着凛冽的夜风，上了走向那大而黑暗的都市，即人性和他们的悲痛之所在的艰难的路。

——望蔼覃《小约翰》

前　言

歧路上彷徨着一些流民歌女，
疏疏落落地是凄冷的歌吟；
人间啊，永远是这样穷秋的景象，
到处是贫乏的没有满足的声音。
我是一个远方的行客，
走入一座北方都市的中心．
窗外听不见鸟声的啼唤，
市外望不见蔚绿的树林；
天空点染着烟筒里冒出的浓雾，
街上响着车轮轧轧的噪音。
一任那冬天的雪花纷纷地落，
秋夜的雨丝洒洒地淋！
人人裹在黑色的外套里，
看他们的面色吧，阴沉，阴沉……

别

我离开那八百年的古城，
离开那里的翠柏苍松，
那里黄色的琉璃瓦顶
和那红色栏杆的小亭，
我只想长久地和它们告别，
把身体委托给另外的一个世界；
我明知我这一番的结果，
是把我的青春全盘消灭。
临行时只思念着一个生疏的客人，
他曾经抱着寂寞游遍全世，
我愿意叫他一声"我的先生"，
我愿听他给我讲述他的经历。
猛抬头，一条小河，水银一般，
婉婉转转地漂来了莲灯一盏，
清冷的月色使我忽然想起，
啊，今天是我忘掉了的中元。
我恨不能从我的车窗跳下，
我恨不能把莲灯捧在胸前。
月光是这样地宁静、空幻，
哪容我把来日的命运仔细盘算。
我只想把那莲灯吻了又吻，
把灯上的火焰吞了还吞，
它仿佛是谁人的派遣，
给我的生命递送几分殷勤。
终于呀，莲灯向着远方漂去，
火车载我走过了一座树林；
好像有个寂寞的面孔向我微笑，

它微笑的情调啊，阴沉，阴沉……

车 中

我静静地倚靠着车窗，
把过去的事草草地思量。
回头看是一片荒原，
荒原里可曾开过一朵花，涌过一次泉？
我静静地倚靠着车窗，
把将来的事草草地思量，
前面看是嵯峨的高山，
可有一条狭径让我走，一座岩石供我攀？
我在这样的情况当中，
可真是和我的过去永久分手？
再也没有高高的城楼供我沉思，
再也没有荫凉的古松伴我饮酒；
如今的荒野里只有久经风霜的老槐，
它们在嘲笑着满车里孤零的朋友。

月亮圆圆地落，
晓风阵阵地吹，
这时地球真在骎骎地转，
车轮不住促促地催。
秦皇岛让我望见了一湾海水，
山海关让我望见了一角长城；
既不能到海中央去随着海鸥飞没，
也不能在万里长城上望一望万里途程。
匆匆地来，促促地去，什么也不能把定，
匆匆地来，促促地去，匆促的人生！

我从那夏的国里，
渐渐地走入秋天，
冷雨凄凄地洒，
层云叠叠地添。
水边再也没有依依的垂柳，
四野里望不见蔚绿的苍松，
在我面前有两件东西等着我：
阴沉沉的都市，暗淡淡的寒冬！
沉默笼罩了大地，
疲倦压倒了满车的客人。
谁的心里不隐埋着无声的悲剧，
谁的面上不重叠着几缕愁纹，
谁的脑里不盘算着他的希冀，
谁的衣上不着满了征尘。
我仿佛没有悲剧，也没有希冀，
只是呆呆地对着车窗，阴沉，阴沉……

哈尔滨

听那怪兽般的汽车，
在长街短道上肆意地驰跑，
瘦马拉着破烂的车，
高伸着脖子嗷嗷地呼叫。
犹太的银行、希腊的酒馆，
日本的浪人、白俄的妓院，
都聚在这不东不西的地方，
吐露出十二分的心足意满。
还有中国的市侩，

面上总是淫淫地嬉笑。
姨太太穿着异国的西装，
纸糊般的青年戴着皮瓜小帽，
太太的脚是放了还缠，
老爷的肚子是猪一样地肥饱。
在他们"幸福"的面前，
满街都洒遍了金银，
更有那全身都是毒菌的妓女，
戴着碗大的纸花摇荡在街心。
我像是游戏地狱，
一步比一步深，
我不敢望那欲雨不雨的天空，
天空充满了阴沉，阴沉……

公　园

商店里陈列着新鲜的货品，
酒馆里沸腾着烟酒的奇香，
我仿佛在森林里迷失了路径，
"朋友呀！你可愿在这里埋葬？"

我战兢兢走入公园，
满园里刮遍了秋风，
白杨的叶子在夕阳里闪，
我立在夕阳闪烁的当中。
园外是车声马声，
园内是笑声歌声，
我尽量地看，尽量地听，
终归是模糊不定，隔了一层。

我回忆起我的童年，
和宇宙是怎样地亲爱，
我能叫月姑娘的眉儿总是那样地弯，
我能叫太阳神的车轮不要那样地快。
现在呀，一切都同我疏远，
无论是日升月落，夏去秋来，
黄鹂再不在我的耳边鸣啭，
昏鸦远远地为我鸣哀。

一切都模糊不定，隔了一层，
把"自然！"呼了几遍，
把"人生！"叫了几声。
我是这样地虚飘无力，
何处是我生命的途程？
我敬爱
那样的先生——
他能沉默而不死，
永远做一个无名的英雄；
但是我只能在沉默中死去，
无名而不是英雄。
我崇拜
伟大的导师——
使我们人类跌而复起，
使我们人类死而复生，
使我们不与草木同腐，
风雨后他总给我们燃起一盏明灯；
无奈我的眼光是那样的薄弱，
风雨里看不出一点光明。
我羡慕

为热情死去的少女少男——
在人的心上
留了些美的忆念。
啊，我一切都不能，
我只能这样呆呆地张望，
望着市上来来往往的人们，
人人的肩上担着个天大的空虚，
此外便是一望无边的阴沉，阴沉……

咖啡馆

漫漫的长夜，
再也杀不出这黑暗的重围，
多少古哲先贤不能给我一字的指导，
他们和我可是一样地愚昧？
已经没有一点声音，
啊，窗外的雨声又在我的耳边作祟。

去，去，披上我的外衣，
不管风是怎样暴，雨是怎样狂，
哪怕是坟地上的鬼火呢，
我也要找出来一粒光芒。

街灯似乎都灭了，
满路上都是泞泥，
我的心灯就不曾燃起，
满心里也是泞泥。
路上的泞泥会有人扫除，
心上的泞泥却无法处理。

我走入一座咖啡馆，
里边炫耀着彩色的灯罩，
没有风也没有雨了，
只有小歌曲伴着简单的音乐。
我望着那白衣的侍女，
我躲避着她在没有人的一角；
她终于走到我的身边，
我终于不能不对她微笑：
"异乡的女子，我来到这里，
并不是为了酒浆，
只因我心中有铲不尽的泞泥，
我的衣袋里有多余的纸币一张。"
我望着她一副不知愁的面貌，
她把酒不住缓缓地斟，
我的心并不曾感到一点轻松，
只是越发加重了，阴沉，阴沉……

中　秋

中秋节的夜里，家家充满了欢喜，
到处是麻雀牌的声息，
男的呼号，女的嬉笑，
大屋小室都是恶劣的烟气；
锣鼓的喧阗震破了天，
鸡鸭的残骸扔遍了地。
官僚、买办、投机的富豪，
都是一样地忘掉了自己。
他们不知道，背后有谁宰割，

他们的运命握在谁的手里。
女人只看见男人衣袋中的金钱，
男人只知道女人衣裙里的肉体。

我也参加了一家的宴会，
一个赭色面庞的男子向我呼叫：
"朋友啊，你来自北京，
请为大家唱一出慷慨淋漓的京调！"
我无言无语地谢绝了他，
我无言无语地离开了这座宴席，
我走出那热腾腾的蒸锅，
冰冷的月光浇得我浑身战栗。
我望着明月迟迟自语，
我到底要往哪里走去？

松花江上停泊着几只小艇，
松花江北的北边，该是什么景象？
向北望，是西伯利亚大陆，
风雪的故乡！
那里的人是怎样地在风雪里奋斗，
为了全人类做那勇敢的实验；
这里的人把猪圈当做乐园，
让他们和他们的子孙同归腐烂！

正如一人游泳在大海里，
一任那波浪的浮沉，
我坐在一只小艇上，
它把我载到了江心。
我像是一个溺在水里的儿童，

心知这一番再也不能望见母亲，
随波逐流地，意识还不曾消去，
还能隐隐地望见岸上的乡村：
在那浓绿的林中，
曾经期待过美妙的花精，
在那泥红的墙下，
曾经听过寺院里的钟声。
一扇扇地闪在他幼稚的面前，
他知道前面只是死了，没有生。
我只想就这样地在江心沉下，
像那天边不知名的一个流星；
把过去的事想了又想，
把心脉的跳动听了还听——
一切的情，一切的爱，
都像风吹江水，来去无踪。

生和死，是同样地秘密，
一个秘密的环把它们套在一起，
我在这秘密的环中，
解也解不开，跑也跑不出去。
我望着月光化做轻烟，
我信口唱出一些不成腔调的小曲，
这些小曲我不知从何处学来，
也不知要往哪儿唱去！

我望着宁静的江水，拊胸自问：
我生命的火焰可曾有几次烧焚？
在几次的烧焚里，
可曾有一次烧遍了全身？

二十年中可有过真正的欢欣？
可经过一次深沉的苦闷？
可曾有一刻把人生认定，
认定了一个方针？
可真正地读过一本书？
可真正地望过一次日月星辰？
欺骗自己，我可曾真正地认识
自己是怎样的一个人？
我全身的血管已经十分紊乱，
我脑里的神经也是充满纠纷；
低着头望那静默的江水，
江水是那样的阴沉，阴沉……

礼拜堂

我徘徊在礼拜堂前，
上帝早已失却了他的庄严。
夕阳里的钟声只有哀惋，
仿佛说，"我的荣华早已消散。"
钟声啊，你应该回忆，
回忆几百年前的情景：
那时谁听见你的声音不动了他的心，
谁听见你的声音不深深地反省：
老年人听见你的声音想到过去，
少年人听着你的声音想到他事业的前程，
慈母抱着幼儿听见你的声音，
便画着十字，"上帝呀，保佑我们！"
还有那飘流的游子，
寻求圣迹的僧人，

全凭你安慰他们，
安慰他们的孤寂、他们的黄昏。
如今，他们已经寻到了另一个真理，
这个真理并不是你所服务的上帝。
你既不能增长他们的悲哀，
也不能助长他们的欢喜；
他们要把你熔化，
铸成一把锄头，
去到田间耕地。
你躲在这无人过问的、世界的一角，
发出来这无人过问的、可怜的声息！

我徘徊在礼拜堂前，
巍巍的建筑好像化做了一片荒原。
乞丐拉着破提琴，
向来往的行人乞怜。
忽然喉咙颤动了，
伴着琴声，颤颤地歌唱。
凋零的朋友呵，我有什么勇气，
把你的命运想一想：
你也许曾经是人间的骄子，
时代的潮流把你淘成这样；
你也许是久经战场的健儿，
一旦负了重伤；
你也许为过爱情烦恼；
你也许为过真理发狂……
一串串的疑问在我的心里想，
一串串的疑问在你的唇边唱。
一团团命运的哑谜，

想也想不透，唱也唱不完……
……
……
啊，这真是一个病的地方，
到处都是病的声音——
天上哪里有彩霞飘扬，
只有灰色的云雾，阴沉，阴沉……

秋已经……

秋已经像是中年的妇人，
为了生产而憔悴，
一带寒江有如她的玉腕，
一心要挽住落日的余晖。
东方远远地似雾非烟，
遮盖了她的愁容，遮没了她的双肩，
她可一心一意地梦想，
梦想她少年的春天？
她终于挽不住西方的落日，
却挽住了我的爱怜，
爱怜里没有温暖的情味，
无非是彼此都感到了哀残。
但是秋啊，你也曾经开过花，
你也曾经结过果，
我的花儿可曾开过一朵，
我的果子可曾结过一个？

从此我夜夜叹息，
伴着那雨声淋淋……
从此我朝朝落泪，

望着那落叶纷纷……
从此我在我的诗册上,
写遍了阴沉,阴沉……

"Pompeii"①

夜夜的梦境像是无底的深渊,
深沉着许许多多的罪恶;
朝朝又要从那深渊里醒来,
窗外的启明星摇摇欲落!
一次我在梦的深渊里,
走入了 Pompeii 的故墟,
摸索着它荣华的遗迹,
仿佛也看见了那里的卖花女子;
淡红的夕阳奄奄,
伴着我短叹长嘘。
这次的醒来,夜还不曾过半,
我听那远远的街心,
乞儿的琴弦还没有拉断。

我怀念古代的 Pompeii 城,
坐在一家叫做的 Pompeii 的酒馆里,
酒正在一杯一杯地倒,
女人们披着长发,唱着歌曲:
"喝酒吧!跳舞吧!
只有今宵,事事都由我们做主。
把灯罩染得血一样地红,
把烛光燃得鬼一样地绿!
明天呀,各人回到各人得归宿,

这里自然会成了一座坟墓。"
听这阴郁的歌声，
分明是世界末日的哀音，
一团团烟气缭绕，
可是火山又要崩焚？
崩焚吧，快快崩焚吧！
这里得罪恶比当年的 Pompeii 还深：
这里有人在计算他的妻子，
这里有人在欺骗他的爱人，
这里的人，眼前只有金银，
这里的人，身上只有毒菌，
在这里，女儿诅咒她的慈母，
老人在陷害他的儿孙；
这里找不到一点真实的东西，
只有纸做的花，胭脂染红的嘴唇。
这里不能望见一粒星辰，
这里不能发现一点天真。
我也要了一杯辛辣的酒，
一杯杯浇灭我的灵魂；
我既不为善，更不做恶，
忏悔的泪珠已不能滴上我的衣襟。
看这些男女都拥在一起，
在这宇宙间最后的黄昏。
快快地毁灭，像是当年的 Pompeii，
最该毁灭的，是这里的这些游魂！
明天，一切化成灰烬，
日月也没有光影，阴沉，阴沉……

注：① Pompeii：意大利古城，在维苏威山下，公元 79 年，维苏威火

山爆发，全城湮没，18 世纪才又被发掘出来。这里是一个酒馆的名字。

追悼会

不知不觉地，树叶都已落尽，
日月的循环，在我已经不生疑问；
我只把自己关在房中，空对着
《死室回忆》作者①的相片发闷。
忽然初冬的雪落了一尺多深，
似乎接到了一封远方的音信，
它从深睡中把我唤醒，
使我觉得我的血液还在循环，
我的生命也仿佛还不曾凋尽。

松花江的两岸已经是一片苍茫，
分明是早晨的雪，却又像是夜月的光，
我望不见岸北的楼台，
也望不清江上的桥梁，
空望着这还未结冰的江水，
"这到底是什么地方？"
"你不知道吗，
你可是当真忘记？
这里已经埋葬了你的一切的梦幻，
在那回中秋的夜里。
你看这滚滚不息的江水，
早已把它们带入了海水的涛浪。
望后你要怎么样，
你要仔细地思量；

不要总是呆呆地望着远方，
不要总是呆呆地望着远方空想！"
啊，今天的宇宙，谁不是白衣白帽，
天空是那样地严肃，
雪在回环地舞蹈。
原来它们为了我
做一番痛切的追悼！

这里埋葬了我的梦幻，
我再也不愿在这里长久梭巡；
在这里的追悼会里，空气是这样阴沉，阴沉……

注：①作者，指陀思妥耶夫斯基。

尾 声

此后我的屋窗便结了冰霜，
我的心窗也透不过一点新的空气，
我像是一条冬天的虫，
一动不动地入了冬蛰。
"朋友啊，你这一月像老了一年。"
"老并不怕，我只怕这样长久地睡死。"
此后的积雪便铺满了长街，
日光也没有一点融解的热力，
我像是那街上的积雪，
一任命运的脚步踩来踩去。
"朋友啊，你这一月像老了一年。"
"老并不怕，我只怕这样长久地睡死。"
我不能这样长久地睡死，

这里不能长久埋葬着我的青春，
我要打开这阴暗的坟墓，
我不能长此忍受着这里的阴沉。

1928 年 1 月 1-3 日

园 中

你怎么就不肯
抬起头儿看一看，
满墙上浓红的薜荔，
——用血染就的相思！

你怎么也不肯
低下头儿看一看，
满地上黄叶干枯，
——爱情到了这般地步！

原载 1928 年 11 月 25 日《新中华报·副刊》第 2 期。

我只能……

我只能歌唱，
歌唱这音乐的黄昏——
它是空际的游丝，
它是水上的浮萍，
它是风中的黄叶，
它是残絮的飘零：
轻飘飘，没有爱情，
轻飘飘，没有生命！

我也能演奏，
演奏这夜半的音乐——
拉琴的是窗外的寒风，
独唱的是心头的微跳，
没有一个听众，
除了我自己的魂灵：
死沉沉，没有爱情，
死沉沉，没有生命！

我怎样才能谱出
正午的一套大曲——
有红花，有绿叶，有太阳，
有希望，有失望，有幻想，

有坟墓，有婚筵，
有生产，有死亡：
欢腾腾，都是爱情，
欢腾腾，都是生命！

原载 1928 年 11 月 28 日《新中华报·副刊》第 5 号。

无花果

看这阴暗的、棕绿的果实，
它从不曾开过绯红的花朵，
正如我思念你，写出许多诗句，
我们却不曾花一般地爱过。

若想尝，就请尝一尝吧！
比不起你喜爱的桃梨苹果；
我的诗也没有悦耳的声音，
读起来，舌根都会感到生涩。

原载 1928 年 11 月 29 日《新中华报·副刊》第 6 号。

春　愁

泪珠润去了，你面上的铅华，
像暮雨洗却了，那天外的红霞；
死灭的电灯，也仿佛在照着你的面庞，
阴阴的雾雨，渲染着全市的昏黄。
雨丝，电线，织成稠稠密密的网，
我们的情爱有如两只无力的苍蝇，
嘤嘤地，嘤嘤地，被粘在这无边的网上。

楼窗外，一片土红色，铅板的房顶，
把全市民的悲欢，盖得这般平稳！
到处是疲倦得声音，憔悴得颜色，
阴湿同寒冷，让我们深深地咀嚼——
异乡的女子呀，你的心房真是一座病院；
我可能长此睡在当中，作一生
哀苦的呻吟，热狂的梦幻？

原载 1928 年 12 月 5 日《新华日报·副刊》第 12 号。

自杀者的墓铭

人已经沉入温柔的海底，
墓铭呢，只好远远地写在天边；
这是死者的心意，
越远越好，离掉了人间！

墓铭远远地写在天边，
俗人们的眼睛那能看见，
只是呀，如有第二个聪明人，
"欢迎"二字便在天边出现。

欢迎的呼声充满了温柔的海浪，
欢迎的墓铭写遍了远远的天边；
"来呀，追求你永久的梦想，
越远越好，离掉了人间！"

遇

你骤然地把脚步停慢，
啊，怎么会遇见了
在这狭小的路边！
你心里说，这不是鬼吗？
我也默祝，但愿这不是人间！

我的人间那有那样的事体——
在我的面前
又吹来了一缕微风，
吹来你发里的微香，面上的轻笑，
吹来了你花儿一般地颤颤惊惊。

绝没有那样的事体，
在我的人间——
上帝只许我一人
顺着窄狭的小路
踽踽凉凉地独自梭巡。

我们只当是并不曾遇见，
请都快快地走过！
我们是棋子一般
被支配在上帝的手中——

他怎么又走错了一遍!

原载 1928 年 12 月 2 日《新华日报·副刊》第 9 号。

墓旁哀话

母亲，拥抱你可怜的儿子吧，
可怜他人生的途程是这样地短促，
他终于回来了，回到你的坟墓。
你知道吗，那边还另有一个母亲，
她同你是一样地典雅，美丽；
她的女孩同你的儿子却是那样地不同：
骄傲地，永久地，
走着她平坦的大路！

可怜你这没有生命的儿子吧，
他曾在幼年的梦中，青春的园圃，
期待着那女孩的温存的一顾；
如今啊，她风似地从他身边吹过了，
只空空地把梦同青春都给他吹去——
他是着遍了伤痕的死叶一般，
凄凄地，冷冷地，
落到了你的坟墓。

"孩儿，想不到你回来是这样地早！"
咳，你的儿子他那能自主，
人世再也不容他片刻的居住。
"你好好地坐在母亲的墓旁吧，

这一番的期待不能再骗你：
只要你耐心地期待着，她终会有一天，
苍茫地，颤颤地，
走近你冰冷的胸脯！"

载 1928 年 12 月 14 日《新华日报·副刊》第 20 号。

湖　滨

眼前闪烁着天国的晴朗，
心里蕴积着地狱的阴森；
是怎样一种哀凉的情绪，
把我引到了这夜半的湖滨？
凝聚着这样深沉的衷曲，
是这样一片宁静的湖心。

世界早已不是乐园，
人生是一座广大的牢狱，
我日日夜夜高筑我的狱墙；
我却又日日夜夜地思量，
怎样才能从这狱中逃去？

心里的火熊熊地燃起，
眼前的光又点点地逼近，
它们也不肯随着落月消沉，
纵使我把满湖的湖水吸尽。
"朋友，你不要焦闷，
来日啊，还有更强烈的烧焚"。

原载 1928 年 12 月 16 日《新中华报·副刊》第 22 号。

桥

"你同她的隔离是海一样地宽广。"
"纵使是海一样地宽广,
我也要日夜搬运着灰色的砖泥,
在海上建筑起一座桥梁。"

"百万年恐怕这座桥也不能筑起。"
"但我愿在几十年内搬运不停,
我不能空空地怅望着彼岸的奇彩,
度过这样长,这样长久的一生。"

原载 1929 年 1 月 9 日《新华日报·副刊》第 40 号。

给盲者

朋友啊，请你为了我
不要再抱怨你那黑暗的运命，
不要说，你的面前只有黑暗的人生。
我愿拿我的不幸来劝慰你，
因为我的面前是个永久的，
永久黑暗的爱情。

黑暗的人生在你的弦上
你能让它花儿一般地开落，
你能从它的悲哀里弹出来一些儿欢乐；
我黑暗的爱情却总是阴沉——
也没有一缕的声音
和一丝的颜色……

载 1929 年 1 月 11 日《华北日报·副刊》第 42 号。

希 望

在山丘上松柏的荫中，
轻睡着一个旧的希望。
正如松柏是四季长青，
希望也不曾有过一次梦醒。
它虽是受伤的野兽一般
无力驰驱于四野的空旷，
我却愿长久地缓步山丘，
抚摸着这轻睡的旧的希望。

原载 1929 年 1 月 14 日《新华日报·副刊》第 44 号。

什么能够使你欢喜

你怎么总不肯给我一点笑声，
到底是什么声音能够使你欢喜？
如果是雨啊，我的泪珠儿也流了许多；
如果是风呢，我也常秋风一般地叹气。
你可真像是那古代的骄傲的美女，
专爱听裂帛的声息——
啊，我的时光本也是有用的彩绸一匹，
我为着期待你，已把它扯成了千丝万缕！

你怎么总不肯给我一点笑声，
到底是什么东西能够使你欢喜？
如果是花啊，我的心也是花一般地开着；
如果是水呢，我的眼睛也不是一湾死水。
你可真像是那古代的骄傲的美女，
专爱看烽火的游戏——
啊，我心中的烽火早已高高地为你燃起，
燃得全身的血液奔腾，日夜都不得安息！

原载 1929 年 1 月 25 日《华北日报·副刊》第 19 号。

饥　兽

我寻求着血的食物，
疯狂地在野地奔驰。
胃的饥饿、血的缺乏、眼的渴望，
使一切的景色在我的面前迷离。

我跑上了高山，
尽量地向着四方眺望；
我恨不能化作高空里的苍鹰，
因为它的视线比我的更宽更广。

我跑到了水滨，
我大声地呼叫；
水的彼岸是一片沙原，
我正好到那沙原上边奔跑。

我跑入森林里迷失了出路，
我心中是如此疑猜：
纵使找不到一件血的食物，怎么
也没有一枝箭把我当做血的食物射来？

原载 1929 年 2 月 2 日《新华日报·副刊》第 58 号。

雪 中

感谢上帝啊，画出来这样的画图，
在这寂寞的路旁，画上了我们两个；
雪花儿是梦一样地缤纷，
中间更添上一道僵冻的小河。

我怀里是灰色的，岁暮的感伤，
你面上却浮荡着绯色的春光——
我暗自思量啊，如果画图中也有声音，
我心里一定要进出来："亲爱的姑娘！"

你是深深地懂得我的深意，
你却淡淡地没有一言半语；
一任远远近近的有情无情，
都无主地飘蓬在风里雪里。

最后我再也忍不住这样的静默，
用我心里惟一的声音把画图撕破。
雪花儿还是梦一样地迷濛，
在迷濛中再也分不清楚你我。

等 待

在我们未生之前，
天上的星、海里的水，
都抱着千年万里得心
在那儿等待你

如今一个丰饶的世界
在我的面前，
天上的星、海里的水，
把它们等待你的心
整整地给了我

原载 1930 年 7 月 7 日《骆驼草》第 9 期。

歌

看许多男人的睡像
都像是将爆未爆的火山，
为什么都这般坚忍
不把火焰喷向人间？

哪座山不会爆裂，
若不是山影浸入湖面？
若没有水一般女人的睡眠，
山早已含不住了它的火焰。

原载 1934 年 1 月 15 日《沉钟》半月刊第 31 期，题为《情歌》。

给亡友梁遇春^①二首

一

我如今感到，死和老年人
好像没有密切的关联；
在冬天我们不必区分
昼夜，昼夜都是一样疏淡。
反而是那些乌发朱唇
常常潜伏着死的预感；
你像是一个灿烂的春
沉在夜里，宁静而黑暗。

二

我曾意外地认识过许多人，
我时常想把他们寻找。
有的是在阴凉的树林
同走过一段僻静的小道；
有的同车谈过一次心，
有的同席间问过名号……
你可是也参入了他们
生疏的队伍，让我寻找？

注： ①梁遇春：1904-1932，现代作家，笔名秋心。

原载 1937 年 7 月 1 日《文学杂志》第 1 卷第 3 期，题为《给几个死去的朋友》。

我们准备着

我们准备着深深地领受
那些意想不到的奇迹
在漫长的岁月里忽然有
彗星的出现，狂风乍起

我们的生命在这一瞬间
仿佛在第一次的拥抱里
过去的悲欢忽然在眼前
凝结成屹然不动的形体

我们赞颂那些小昆虫
它们经过了一次交媾
或是抵御了一次危险

便结束它们美妙的一生
我们整个的生命在承受
狂风乍起，彗星的出现

什么能从我们身上脱落

什么能从我们身上脱落
我们都让它化作尘埃
我们安排我们在这时代
像秋日的树木，一棵棵

把树叶和些过迟的花朵
都交给秋风，好舒开树身
伸入严冬；我们安排我们
在自然里，像蜕化的蝉蛾

把残壳都丢在泥里土里
我们把我们安排给那个
未来的死亡，像一段歌曲

歌声从音乐的身上脱落
归终剩下了音乐的身躯
化作一脉的青山默默

有加利树

你秋风里萧萧的玉树——
是一片音乐在我耳旁
筑起一座严肃的殿堂
让我小心翼翼地走入

又是插入晴空的高塔
在我的面前高高耸起
有如一个圣者的身体
升华了全城市的喧哗

你无时不脱你的躯壳
凋零里只看着你成长
在阡陌纵横的田野上

我把你看成我的引导：
祝你永生，我愿一步步
化身为你根下的泥土

鼠曲草

我常常想到人的一生
便不由得要向你祈祷
你一丛白茸茸的小草
不曾辜负了一个名称

但你躲避着一切名称
过一个渺小的生活
不辜负高贵和洁白
默默地成就你的死生

一切的形容、一切喧嚣
到你身边，有的就凋落
有的化成了你的静默：

这是你伟大的骄傲
却在你的否定里完成
我向你祈祷，为了人生

百年新诗百部典藏

威尼斯

我永远不会忘记
西方的那座水城
它是个人世的象征
千百个寂寞的集体

一个寂寞是一座岛
一座座都结成朋友
当你向我拉一拉手
便像一座水上的桥

当你向我笑一笑
便像是对面岛上
忽然开了一扇楼窗

只担心夜深静悄
楼上的窗儿关闭
桥上也断了人迹

原野的哭声

我时常看见在原野里
一个村童，或一个农妇
向着无语的晴空啼哭
是为了一个惩罚，可是

为了一个玩具的毁弃？
是为了丈夫的死亡
可是为了儿子的病创？
啼哭的那样没有停息

像整个的生命都嵌在
一个框子里，在框子外
没有人生，也没有世界

我觉得他们好像从古来
就一任眼泪不住地流
为了一个绝望的宇宙

我们来到郊外

和暖的阳光内
我们来到郊外
像不同的河水
融成一片大海

有同样的警醒
在我们的心头
是同样的运命
在我们的肩头

要爱惜这个警醒
要爱惜这个运命
不要到危险过去

那些分歧的街衢
又把我们吸回
海水分成河水

一个旧日的梦想

是一个旧日的梦想
眼前的人世太纷杂
想依附着鹏鸟飞翔
去和宁静的星辰谈话

千年的梦像个老人
期待着最好的儿孙——
如今有人飞向星辰
却忘不了人世的纷纭

他们常常为了学习
怎样运行，怎样降落
好把星秩序排在人间

便光一般投身空际
如今那旧梦却化作
远水荒山的陨石一片

暮 雨

醒后正黄昏，
窗外雨声淅淅，
啊，初春的暮雨！

把我的心儿掩埋了，
眼前又是一春的
落花飞絮……

蔡元培

你的姓名常常排列在
许多的名姓里边，并没有
什么两样，但是你却永久
暗自保持住自己的光彩

我们只在黎明和黄昏
认识了你是长庚，是启明
到夜半你和一般的星星
也没有区分：多少青年人

从你宁静的启示里得到
正当的死生。如今你死了
我们深深感到，你已不能

参加人类的将来的工作——
如果这个世界能够复活
歪扭的事能够重新调整

鲁　迅

在许多年前的一个黄昏
你为几个青年感到一觉
你不知经验过多少幻灭
但是那一觉却永不消沉

我永远怀着感谢的深情
望着你，为了我们的时代：
它被些愚蠢的人们毁坏
可是它的维护人却一生

被摒弃在这个世界以外——
你有几回望出一线光明
转过头来又有乌云遮盖

你走完了你艰苦的行程
艰苦中只有路旁的小草
曾经引出你希望的微笑

杜　甫

你在荒村里忍受饥肠
你常常想到死填沟壑
你却不断地唱着哀歌
为了人间壮美的沦亡：

战场上健儿的死伤
天边有明星的陨落
万匹马随着浮云消没
你一生是他们的祭享

你的贫穷在闪铄发光
像一件圣者的烂衣裳
就是一丝一缕在人间

也有无穷的神的力量
一切冠盖在它的光前
只照出来可怜的形象

歌 德

你生长在平凡的市民的家庭
你为过许多平凡的事物感叹
你却写出许多不平凡的诗篇
你八十年的岁月是那样平静

好像宇宙在那儿寂寞地运行
但是不曾有一分一秒的停息
随时随处都演化出新的生机
不管风风雨雨或是日朗天晴

从沉重的病中换来新的健康
从绝望的爱里换来新的营养
你知到飞蛾为什么投向火焰

蛇为什么脱去旧皮才能生长
万物都在享用你的那句名言
它道破一切生的意义："死和变。"

画家梵诃

你的热情到处燃起火
你燃着了向日的黄花
燃着了浓郁的扁柏
燃着了行人在烈日下——

他们都是那样热烘烘
向着高处呼吁的火焰
但是背阴处几点花红
监狱里的一个小院

几个贫穷的人低着头
在贫穷的房里剥土豆
却像是永不消溶的冰块

这中间你画了吊桥，
画了轻盈的船：你可要
把那些不幸者迎接过来？

看这一队队的驮马

看这一队队的驮马
驮来了远方的货物
水也会冲来一些泥沙
从些不知名的远处

风从千万里外也会
掠来些他乡的叹息：
我们走过无数的山水
随时占有，随时又放弃

仿佛鸟飞翔在空中
它随时都管领太空
随时都感到一无所有

什么是我们的实在？
我们从远方把什么带来？
从面前又把什么带走？

我们站立在高高的山巅

我们站立在高高的山巅
化身为一望无边的远景
化成面前的广漠的平原
化成平原上交错的蹊径

哪条路、哪道水，没有关联
哪阵风、哪片云，没有呼应：
我们走过的城市、山川
都化成了我们的生命

我们的生长、我们的忧愁
是某某山坡的一棵松树
是某某城上的一片浓雾

我们随着风吹，随着水流
化成平原上交错的蹊径
化成蹊径上行人的生命

原野的小路

你说，你最爱看这原野里
一条条充满生命的小路
是多少无名行人的步履
踏出来这些活泼的道路

在我们心灵的原野里
也有几条宛转的小路
但曾经在路上走过的
行人多半已不知去处：

寂寞的儿童、白发的夫妇
还有些年纪青青的男女
还有死去的朋友，他们都

给我们踏出来这些道路
我们纪念着他们的步履
不要荒芜了这几条小路

我们有时度过一个亲密的夜

我们有时度过一个亲密的夜
在一间生疏的房里，它白昼时
是什么模样，我们都无从认识
更不必说它的过去未来。原野——

一望无边地在我们窗外展开
我们只依稀地记得在黄昏时
来的道路，便算是对它的认识
明天走后，我们也不再回来

闭上眼吧！让那些亲密的夜
和生疏的地方织在我们心里：
我们的生命像那窗外的原野

我们在朦胧的原野上认出来
一棵树、一闪湖光，它一望无际
藏着忘却的过去、隐约的将来

别　离

我们招一招手，随着别离
我们的世界便分成两个
身边感到冷，眼前忽然辽阔
像刚刚降生的两个婴儿

啊，一次别离，一次降生
我们担负着工作的辛苦
把冷的变成暖，生的变成熟
各自把个人的世界耕耘

为了再见，好像初次相逢
怀着感谢的情怀想过去
像初晤面时忽然感到前生

一生里有几回春几回冬
我们只感受时序的轮替
感受不到人间规定的年龄

有多少面容，有多少语声

有多少面容，有多少语声
在我们梦里是这般真切
不管是亲密的还是陌生：
是我自己的生命的分裂

可是融合了许多的生命
在融合后开了花，结了果？
谁能把自己的生命把定
对着这茫茫如水的夜色

谁能让他的语声和面容
只在些亲密的梦里萦回？
我们不知已经有多少回

被映在一个辽远的天空
给船夫或沙漠里的行人
添了些新鲜的梦的养分

我们听着狂风里的暴雨

我们听着狂风里的暴雨
我们在灯光下这样孤单
我们在这小小的茅屋里
就是和我们用具的中间

也有了千里万里的距离：
铜炉在向往深山的矿苗
瓷壶在向往江边的陶泥
它们都像风雨中的飞鸟

各自东西。我们紧紧抱住
好像自身也都不能自主
狂风把一切都吹入高空

暴雨把一切又淋入泥土
只剩下这点微弱的灯红
在证实我们生命的暂住

深夜又是深山

深夜又是深山
听着夜雨沉沉
十里外的山村
念里外的市廛

它们可还存在？
十年前的山川
念年前的梦幻
都在雨里沉埋

四围这样狭窄
好像回到母胎
我在深夜祈求

用迫切的声音：
"给我狭窄的心
一个大的宇宙！"

几只初生的小狗

接连落了半月的雨
你们自从降生以来
就只知道潮湿阴郁
一天雨云忽然散开

太阳光照满了墙壁
我看见你们的母亲
把你们衔到阳光里
让你们用你们全身

第一次领受光和暖
日落了，又衔你们回去
你们不会有记忆

但是这一次的经验
会融入将来的吠声
你们在黑夜吠出光明

这里几千年前

这里几千年前
处处好像已经
有我们的生命
我们未降生前

一个歌声已经
从变幻的天空
从绿草和青松
唱我们的运命

我们忧患重重
这里怎么竟会
听到这样歌声？

看那小的飞虫
在它的飞翔内
时时都是新生

案头摆设着用具

案头摆设着用具
架上陈列着书籍
终日在些静物里
我们不住地思虑

言语里没有歌声
举动里没有舞蹈
空空问窗外飞鸟
为什么振翼凌空

只有睡着的身体
夜静时起了韵律：
空气在身内游戏

海盐在血里游戏——
睡梦里好像听得到
天和海向我们呼叫

我们天天走着一条小路

我们天天走着一条熟路
回到我们居住的地方
但是在这林里面还隐藏
许多小路，又深邃、又生疏

走一条生的，便有些心慌
怕越走越远，走入迷途
但不知不觉从树疏处
忽然望见我们住的地方

像座新的岛屿呈在天边
我们的身边有多少事物
向我们要求新的发现：

不要觉得一切都已熟悉
到死时抚摸自己的发肤
生了疑问：这是谁的身体？

从一片泛滥无形的水里

从一片泛滥无形的水里
取水人取来椭圆的一瓶
这点水就得到一个定形
看，在秋风里飘扬的风旗

它把住些把不住的事体
让远方的光、远方的黑夜
和些远方的草木的荣谢
还有个奔向远方的心意

都保留一些在这面旗上
我们空空听过一夜风声
空看了一天的草黄叶红

向何处安排我们的思、想？
但愿这些诗像一面风旗
把住一些把不住的事体

招　魂
——1945 年，一二 · 一昆明惨案

"死者，你们什么时候回来？"
我们从来没有离开这里。
"死者，我们怎么走不出来？"
我们在这里，你们不要悲哀，
我们在这里，你们抬起头来——

哪一个爱正义者的心上没有我们？
哪一个爱自由者的脑里忘却我们？
哪一个爱光明者的眼前看不见我们？

你们不要呼唤我们回来，
我们从来没有离开你们，
咱们合在一起呼唤吧——
"正义，快快地到来！
自由，快快地到来！
光明，快快地到来！"

我们的西郊

我们的西郊天天在改变，
随时都变出来新的形象。
不久以前，遍地是荒坟，
今天是高楼，晚上灯光明亮。

西郊的妇女多少年来，
穿惯了全身补丁的衣裳，
不知什么时候突然开始，
新衣上有这么多新鲜花样。

旧日的西郊公园冷冷清清，
禽兽也在饥饿里死亡，
而今公园里沸腾着欢声，
都来看越南的、印度的大象。

公路一天比一天显得狭窄，
再也容不下来往的车辆，
它向旁边的空地请求分担，
旁边就有一条新的公路生长。

从前有过一个天真的诗人，
要从一朵野花里看见天堂，

一朵野花的确很美好，
但是他的天堂未免太渺茫。

我们却从这天天生长的西郊，
看见了祖国从首都到新疆，
在千千万万劳动者的手里，
转变成幸福的地上的天堂。

黄河两岸

河两岸高高的山顶上，
残存着一座座的烽火台，
它们传递过多少恐怖消息，
在那变乱频仍的古代。

河两岸高高的山顶上，
飘扬着勘探队的小红旗，
它们照映在蔚蓝的天空，
预示将来的更多的欢喜。

煤矿区

山沟里的溪水日日夜夜地流，
铁轨上的煤车日日夜夜地运行，
一百五十公尺地下的煤层里，
电钻的声音日夜不停。

溪水两岸是一片欢腾的市声，
到处是妇女的笑语、儿童的歌唱，
可是人们听不见地下的电钻，
像是听不见自身内跳动的心脏。

玉门老君庙

从前有些穷苦的人，
在山里给阔人淘金，
他们求神灵的保佑，
盖一座小庙供奉老君。

黄金淘了肃州城，
黄金淘了兰州府，
庙里的老君无声无息，
淘金的人越淘越苦。

老君庙蹲在荒山里，
几百年无息无声，
可是它到了今天，
忽然间全国闻名。

它怎么会全国闻名？
只因穷苦人的子孙，
不淘金也不供奉老君，
却建设伟大的石油城。

西安赠徐迟

你来自西南，我来自西北，
明天我们又要各自西东，
飞机场上皎洁的明月，
照耀着我们偶然的相逢。

你说，西南有多少美妙的歌舞，
凉山的转变，忽然跨过两千年；
我说，西北的宝藏多么丰富，
矿山在山里，故事在人民的口边。

金沙江的水，大戈壁的沙，
都在我们的心里开了花。
这里我们也没有他乡的感觉，
我们到哪里，哪里就是我们的家。

我们为了偶然的相逢欢喜，
却不惋惜明天的各自东西；
只觉得我们处处遇到的，
是新的诗句，是美的传奇。

京西山区

铁路要穿过十几个山洞，
公路要翻过两座高山，
二十年前的革命据点，
英勇地站立在清水河边。

革命的故事永远说不完，
它不断地更换新的内容，
为了建设幸福的山区，
涌现出许多新的英雄。

一座纪念碑立在斋堂村，
记载着抗日烈士的名字；
如今公社的光荣榜上，
有多少这些烈士的子弟！

当年掩护抗敌的深山，
今天开辟出平坦的梯田，
当年流血染红的溪水，
今天发出来光明的电源。

祖国有多少贫瘠的山区，
用顽强的战斗换来富饶，

这片山区在首都的近旁，
好像是万岭千山的代表。

戈壁滩

列车在戈壁滩上行进，
戈壁像海一样没有边涯；
只有成群的黄羊跑过，
偶然从天外飞来一只乌鸦。

虽说在狂风怒吼的时刻，
戈壁滩上常常走石飞沙，
但它在这时给我的印象，
像从来没有说过一句话。

蜿蜒不断的祁连山脉，
在我们面前却变化多端：
时而是云海里的岛屿，
时而是一抹秀丽的青山。

时而是凶险的山峦起伏，
溶化不尽的积雪蒙盖山巅——
山巅的积雪却有无限温暖，
它把清凉的雪水送到人间。

有了水就有人烟，

有了人就有生产，
在无边的戈壁中间，
时而呈现出田畴一片。

这些孤岛一般的绿洲，
是戈壁上永不凋谢的花朵，
它们孤单单开放了几千年，
担受着几千年的寂寞。

如今它们脱离了寂寞孤单，
被铁路和公路连在一起；
黄色的沙石不断退让，
街道和房屋起来代替。

千古驰名的甘州、凉州，
本来不过是较大的绿洲，
现在却要变成现代的城市，
要拥抱几十万的人口。

怎么能拥抱这么多的人口？
祁连山好像给我们回答：
"我的积雪创造了这些绿洲，
我的矿山保证绿洲的扩大。"

编后记

编 者

在编选此诗集的过程中，我们参考了《冯至全集》（第一卷、第二卷）（河北教育出版社，1999 年）《冯至诗选》（四川人民出版社，1980 年）、《悲欢的形体：冯至诗集》（冯姚平主编，新星出版社，2018 年）、《中国新诗百年志》（中国作家协会诗刊社主编，中国工人出版社，2017 年）、《中国现代经典诗库》（中国社会科学院文学研究所现代文学研究室编，北岳文艺出版社，1996 年）等与冯至相关的多个版本的选本和书籍，并进行了校对与订正。在此一并感谢！

冯至在德国留学期间受到德国诗人里尔克的影响，他有效地将西方创作理念与中国本土经验结合，被认为是中国新诗史上的大家。鲁迅更是称赞他是中国最优秀的抒情诗人。为了让读者更加方便地了解冯至的创作过程与创作变化，特筛选出一百余首胡适的经典诗歌，并按照创作时间的顺序进行排列。

由于视野、学识和资料所限，纰漏之处，在所难免，静候方家不吝赐教。

2018 年 10 月 3 日